AF262264

L'ARCHEVÊQUE

DE PARIS

A SES DIOCÉSAINS

SAVOYE.

Décembre 1789.

L'ARCHEVÊQUE
DE PARIS
A SES DIOCÉSAINS.

L'ARCHEVÊQUE de Paris aux Fidèles de son Diocèse : SALUT ET INSTRUCTION :

Elle s'annonce depuis long-temps, Nos Très-Chers-Freres, la tempête dont l'humble bruyere se flatte de n'avoir jamais à souffrir, mais qui ne peut déraciner les cedres sans endommager les arbrisseaux. Formée des exhalaisons du Lac de Geneve, la nuée sacrilége, après avoir pompé les vapeurs analogues de toutes les régions qu'elle a parcourues, s'est portée vers la Capitale où l'attiroient de puissans conducteurs, & où elle menace de submerger le trône & l'Autel. Personne n'ignore que nous n'avons échappé que par miracle aux éclats de la foudre, qu'il n'est pas de moyens que nous n'ayons mis en œuvre, point de sacrifices que nous n'ayons faits pour conjurer l'orage. N'ayant pas réussi, nous nous sommes retirés du vaisseau, persuadés, comme Jonas, que notre présence ne servoit qu'à le mettre plus en

A ij

péril. Mais nous n'avons pas ceffé d'obferver fa marche, & c'eft avec la plus vive inquiétude que nous le voyons emporté par les courans, fur une mer entrecoupée d'écueils & femée de rochérs, dont la rencontre pourroit l'entr'ouvrir d'un inftant à l'autre.

Malheur à nous, N. T. C. F. fi nous nous laffions de tenir nos mains élevées vers le Ciel. Mais pouvons-nous nous borner à des vœux ? Nous fommes redevables, dit S. Paul, aux Grecs & aux Barbares, aux Sages & aux Infenfés. Et que leur devons nous ? Des inftances preffantes à temps & à contre-temps, OPPORTUNE, IMPOR-TUNE, des inftructions & des reproches. Ainfi nous pouvons dire, avec autant de vérité que le grand Apôtre, nous fommes en efprit au milieu de vous, non pas dans l'attitude d'un chien muet, mais comme une fentinelle attentive à toutes les ma-nœuvres de l'ennemi.

Déjà nous vous avons fait entendre les gémif-femens de Rachel, à qui une premiere effervef-cence à ôté des enfans qu'elle ne devoit abandon-ner qu'à la loi. Déjà vous êtes convenu qu'il fal-loit conftater l'impureté de leur fang avant de le répandre ; &, malgré cet aveu qui nous promet-toit un retour fincere à l'aménité naturelle de vos

mœurs, vous vous êtes précipités dans de nouveaux excès.

Elle s'accomplit à la lettre, la prédiction de
S. Paul : que dans les derniers temps, les ames les
plus droites feront le jouet d'une foule de féduc-
teurs féconds en nouveautés, grands partifans de
la licence, & capables d'entraîner les élus eux-
mêmes, s'il étoit poffible ; car, N. T. C. F., il eft
moins douloureux pour nous de vous croire aveu-
glés par leurs preftiges, que de vous foupçonner
complices de leurs forfaits.

Périffe, périffe à jamais le fouvenir des 5 & 6
d'Octobre. Quelle efferveſcence fubite ! Quelle
coalition ! Quel horrible fracas ! Les étincelles du
flambeau que fecoue la difcorde volent de toutes
parts ; en un clin-d'œil l'embrafement eft général : on crie, on court aux armes : on fe porte en
foule fur toutes les routes qui aboutiffent à la réfi-
dence du Monarque. A l'exemple des ufurpateurs
du Mexique, les Troupes font précédée par des
chiens affamés de chair humaine : on leur a refufé
du pain.... pour irriter leur terrible appétit ; &
quelle proie leur montre l'animofité forcenée ? ....
Vous tous que des ordres furpris par une fécurité
infidieufe, n'ont pas encore difperfés : vous qui
veillez encore dans le Palais de vos maîtres, hâtez-
vous de fouftraire à la rage de cette meute de

Cannibales & la mere & l'enfant ; le courage no-
ble & intrépide de quelques gardes intérieurs que
rien n'a pu arracher à leurs poftes , & qui y atten-
dent la mort de pied ferme , leur courage faura
arrêter les furieux affez de temps pour vous donner celui d'enlever les victimes qu'ils dévorent
d'avance. Et vous qui partagiez, avant les trou-
bles , l'avantage de répondre de la sûreté de leur
demeure ! Pénétrez jufqu'au lieu ou l'étonnement
& l'effroi viennent de raffembler les têtes les plus
cheres , formez de chacun de vous un rempart ,
au pied duquel viennent fe brifer les vagues in-
domptables qui menacent de les engloutir ; ce retour de fidélité effacera la tache de votre dé-
fertion.

Jour de carnage !.... A quoi a-t-il tenu, N. T.
C. F. , que l'augufte famille n'y fût enveloppée ?
Eh ! fi la férocité, qui frappe indiftinctemeut , eût
porté des mains parricides fur l'oint du feigneur!...
A qui la France eût-elle demandé fon roi ?......
Si la férocité eût déchiré, comme elle le vouloit,
fon augufte compagne !... A qui le roi eût-il rede-
mandé une époufe qu'il aime ?... Si l'un & l'autre euffent eu moins de courage & de confiance,
fi l'un & l'autre fe fuffent évadés, comme ils le
pouvoient, & comme l'avoient calculé les per-
fides inftigateurs de l'émeute !... A quels autres

qu'à vous, N. T. C. F., à vous qui, comme les
suppôts de la cabale acharnée contre le sauveur,
êtes sortis tumultuairement de votre enceinte à la
suite de gens armés de piques & de bâtons, CUM
GLADIIS ET FUSTIBUS, pour investir & emme-
ner le souverain, à vous qui deviez punir sur le
champ la hardiesse barbare & téméraire des antro-
pophages, & qui ne pensâtes pas seulement à la
contenir, à quels autres qu'à vous & nos Provinces & l'Europe entiere eussent-elles imputé
les horreurs d'une guerre civile dont la retraite du
roi eût peut-être allumé le feu ?

Peuple franc & loyal, déjà vos yeux se sont
ouverts sur l'effroyable profondeur de cet abîme.
Ouvrez-les donc à présent sur l'étonnante facilité
avec laquelle vous vous êtes laissé aller à l'impul-
sion meurtriere qui vous poussoit sur ses bords, &
qu'une telle expérience vous tienne en garde contre ses artifices ; car elle est toujours agissante, toujours appliquée à tendre des piéges sous vos pas.
C'est principalement pour vous les faire apperce-
voir que notre solicitude pastorale éleve la voix
aujourd'hui.

L'édifice du Gouvernement demandoit les ré-
parations des abus, une réforme générale, & le
peuple des soulagemens effectifs. Convaincu par
les faits qu'un ministre, assez courageux pour en-

treprendre une fi belle tâche, feroit auffi-tôt affailli
& débufqué par les intrigues de la déprédation ;
perfuadé d'ailleurs qu'un feul homme ne pouvoit
fuffire à une entreprife auffi vafte, le meilleur des
rois fubordonne les craintes d'une politique om-
brageufe aux mouvemens d'un cœur tourmenté de
nos maux, & impatient d'y mettre fin. Où pren-
dre des remedes ? Ceux dont il a effayé jufqu'alors
n'ont eu aucun effet. En feroit-il ainfi de ceux
que la Nation elle-même pourroit lui indiquer ?
Ce bon prince en préfume plus favorablement.....
& il les lui demande. Henri IV ne confulta que
des Notables. Louis XVI veut avoir en outre
l'avis & le concours de tout fon peuple ; que ne
devoit-il pas efpérer de ce grand témoignage de
confiance ?

Hélas ! un vil ferpent étoit caché, comme au-
trefois, fous les feuilles de l'arbre de vie. Etonné
de cette généreufe réfolution, il fe flatte d'en
corrompre les fuites. L'efprit d'orgueil, d'infu-
bordination & de menfonge lui a préparé les
voies. Une bienfaifance mefquine, mais une bienfaifance qui fonne de la trompette, un ton de
popularité, un engagement folemnel à renverfer
toutes les barrieres, à rompre tous les liens, le
remettent en confidération & vous difpofent à lui
prêter de bonnes vues. Ainfi que le tentateur du
jardin

jardin d'Eden, il ne vous promet rien moins que le rang & le fort des dieux : ERITIS SICUT DII ; & vous voilà, N. T. C. F., enivrés de fes promeffes ; & vous vous livrez à fes impreffions, & vous avalez fans défiance ; & vous propagez fans fcrupule le venin des murmures & d'une fcandaleufe infurrection. Déjà ce venin corrofif coule dans les veines de plufieurs de nos repréfentans. Le délire dont il excite les tranfports tient de la rage & fe gagne comme elle. Ceux qui en font atteints cherchent à le communiquer à tout ce qui les approche ; le plus grand nombre s'en défend : & malgré une réfiftance conftante à des offres bien faites pour éblouir, l'action brûlante du venin transforme les premiers en aurant d'Energumènes qui commandent ou impofent filence à l'opinion du plus grand nombre. Telle a été, N. T. C. F., la caufe du mal ; tels en ont été d'abord les progrès : nous les avons obfervés de nos propres yeux.

Cependant ils n'iront pas loin, fi une force foutenue n'en affure le cours. Auffi tous les moyens de perfuafion, de féduction, la calomnie & fes noirceurs, la terreur & fes fantômes, vont-ils fe réunir à la plus éronnante profufion de l'or ; d'un côté pour débaucher nos légions ; de l'autre pour placer les armes dans des mains qui ne fe croyoient

B

faites que pour porter des inſtrumens de paix.

Reconnoiſſez ici, N. T. C. F., la groſſiéreté de l'illuſion. PARIS DEVOIT SAUTER LE 13 JUILLET. Avez-vous éventé la mine? En avez-découvert quelques traces ?--- AU MOINS IL DEVOIT ÊTRE LIVRÉ AU PILLAGE.--- Votre monarque eſt-il donc un Néron? Les princes de ſon ſang, les grands & tout ce que vous appellez ARISTOCRATES, étoient plus intéreſſés que vous-mêmes à empêcher cette abomination; perſonne n'y eut perdu autant qu'eux. La famille du général des troupes du roi étoit dans votre enceinte. L'y eut-il laiſſé ſi ſes ordres euſſent dévoué la capitale à la diſcrétion du ſoldat? Non, cette premiere conjuration n'a pas plus exiſté que celle dont on vous a averti en dernier lieu. L'une des ſentinelles de votre nouveau capitole a pouſſé le cri ordinaire: RÉVOLUTION, CONSPIRATION. Elle devoit éclater le 25 nouvembre: perſonne n'a remué. Mais vous avez repris les travaux militaires; vous avez promis de ne plus vous en laſ-ſer, & c'eſt tout ce que vouloit une cabale que raſ-ſure beaucoup votre armement. Si le rapprochement de cette double manœuvre ne vous éclaire pas, ſouffrez, N. T. C. F., que nous vous adreſſions le reproche de l'apôtre à un peuple ſéduit: trop crédules Galates, c'eſt fermer trop long-temps les yeux à l'évidence ! O INSENSATI GALATÆ, QUIS VOS FASCINAVIT NON OBEDIRE VERITATI ?

On vous détourne de votre négoce, de vos travaux, de vos affaires ; on vous arrache à vos femmes & à vos enfans, avec l'épouvantail du despotisme, ce monstre dont celui de l'anarchie surpasse de beaucoup les fureurs. Le despotisme des ministres étoit depuis long-tems blessé à mort. La célebre déclaration du 23 juin lui portoit le dernier coup. Voudroit-il le ressusciter, ce prince qui l'abhorre, ce prince dont les premieres faveurs tomberent sur la liberté, qui lui soumit d'abord tous ses domaines, & ensuite le Nouveau Monde ? Un roi que l'Amérique révere comme son libérateur ne peut devenir le tyran de ses sujets. En vous menant à pas lents vers la liberté, il vous traitoit comme ces gens qui ont vécu dans une longue privation de la lumiere, & à qui on ne doit la rendre que peu à peu ; autrement elle les aveugleroit. Tant de sagesse de sa part ne laisse aucun prétexte à la méfiance. Pourquoi donc en étaler le menaçant & très-dispendieux appareil ?

Vous n'étiez assurément pas ci-devant des esclaves, à moins que vous ne regardiez comme une servitude la dépendance de certaines regles.

La Divinité a les siennes : pour s'y soumettre constamment, elle ne cesse pas d'être libre. Prétendre faire, prétendre dire & écrire tout ce qu'on voudra, insulter au culte reçu, blasphêmer son auteur, décrier les puissances, persiffler les principes, distiller le venin de toutes les passions ; quelle liberté N. T. C. F. ? les fruits en sont trop malfaisans, pour qu'on ne finisse pas par en étouffer le germe.

Voilà pourtant la seule qui résulte jusqu'à ce jour, de tant de précautions, de tant de mesures, de tant de frais. On est libre, dit-on, & à chaque pas on trouve des entraves. On est libre ! Eh cette liberté asservit le négoce, arrête la circulation, empêche les approvisionnemens. On est libre ! Eh le sceau des lettres est moins respecté que sous l'ancien régime. On est libre ! Eh l'odieux espionnage est appointé, encouragé par de brillantes récompenses. On est libre ! Eh sur le moindre soupçon, l'autorité naissante vous précipite dans les fers. On est libre ! Eh jamais les prisons ne furent aussi pleines, & on n'y voit aucun de vos *brigands*.

Faites-y attention, N. T. C. F., une nouvelle *aristocratie* s'éleve, se forme au milieu de vous. La licence qui obtient quelques succès, prend une haute idée d'elle-même. Elle en impose à la multitude & lui inspire une sorte d'admiration ; ce sen-

timent ajoute à fa hardieffe ; elle exige qu'on la
remarque, qu'on lui défere ; & tout en déclamant
contre la différence des conditions, elle s'empare
des premieres places, elle s'y fortifie, elle y prend
un ton de prépondérance, quelquefois même de
dédain, qui annonce que vous ne faites que changer d'ariftocratie.

L'affemblée nationale, ce prétendu féjour de
l'égalité la plus inviolable, n'a-t-elle pas les fiens ?
Comme ils déjouent la droiture des uns ! comme
ils abufent de la timidité des autres ! Quelle ty-
rannie ils exercent fur les fonds & les formes ! De
quel œil ils regardent ce qu'ils nomment la tourbe
des repréfentans ! Tout le monde connoît les per-
fonnages & leur defpotique influence.

Ils vous offrent, ce femble, une perfpective
flatteufe. Propriét: ires inaliénables de la fouve-
raineté, vous difpoferez de fon exercice, &
vous en réglerez l'ufage ; l'heureufe gradation des
commis primaires aux affemblées de diftrict, &
de celles-ci à celle de département, vous appelle
& vous affocie à toutes les branches de l'adminif-
tration ; le dernier citoyen peut en devenir l'inf-
pecteur & le cenfeur : ERITIS SICUT DII. Féli-
citez-vous, N. T. C. F. ; mais foyez fûrs que tous
vos régénérateurs porteront dans leurs provinces
cet efprit de domination qu'ils développent im-

punément fous les yeux du fouverain affemblé,
qu'ils le tranfmettront à ceux qu'ils en croiront
dignes ; qu'il paffera de l'arrondiffement dans
les paroiffes ; qu'il deviendra une efpece d'héri-
tage , & qu'infenfiblement cette nouvelle ariftocratie fe trouvera beaucoup plus étendue que la
premiere , & fûrement bien plus impérieufe ; &
delà qûe d'efforts , que de luttes inutiles !

Croire qu'il ne falloit rien moins que ce mouvement & ce foulevemeut général , pour opérer
l'exactitude proportionnelle des contributions ,
c'eft une erreur manifefte & une injuftice. Tous
les privilégiés s'y étoient foumis de concert. Se
laiffer perfuader que , pour faire le bien & le
confolider , il falloit profcrire les plus illuftres &
les plus diftingués d'entr'eux, ouvrir une perfé-
cution furieufe contre le facerdoce, le traîner dans
la boue, piller les biens de la nobleffe , incendier
fes châteaux, où les habitans des campagnes trou-
verent , pendant tant de fiecles , leur sûreté , &
où ils trouvent encore aujourd'hui les fecours les
plus abondans ; croire que tant d'atrocités , com-
mandées à deffein, quelquefois même juftifiées ,
étoient ou des préliminaires ou des acceffoires
inévitables, c'eft donner dans les pieges de la dé-
rifion léonine. Croire que , pour parvenir à l'ex-
tirpation des abus & au redreffement de vos

griefs, il falloit allumer le feu de la révolte dans tous les coins du royaume ; N. T. C. F., jufqu'à quand méconnoîtrez-vous, jufqu'à quand outragerez-vous un prince qui alloit au-devant de vos befoins, & qui ne vouloit faire ufage de fon autorité que pour tarir la fource de vos maux ! Miférables enfans des hommes, jufqu'à quand votre cœur cherchera-t-il des prétextes pour excufer l'aveuglement & les travers de votre efprit ? Jufqu'à quand vous paffionnerez-vous pour les infinuations de la vanité & du menfonge : FILII HOMINUM, USQUEQUÒ GRAVI CORDE ? UT QUID DILIGITIS VANITATEM ET QUÆRITIS MENDACIUM ?

Concluons, N. T. C. F. ; un excès de crédulité a failli vous rendre fauteurs, &, par cette raifon, complices du plus grand des crimes ; un excès de crédulité vous a jetté dans des frais, & un fervice pénible, dont, jufqu'à préfent, la licence eft la feule qui ait profité, un excès de crédulité vous a fait donner à toute la France le mauvais exemple d'une infurrection qui l'a plongée dans tous les défordres de l'anarchie ; un excès de crédulité vous a rendus les raviffeurs, &, en derniere analyfe, les oppreffeurs de la liberté d'un monarque qu'un faint enthoufiafme de reconnoiffance a proclamé le reftaurateur de la vôtre ; concluons encore. Votre loyauté nous prévient & nous répond que vous verseriez votre sang pour la conservation du roi ; que vous ne sauriez assez reconnoître une confiance aussi magnanime que celle qui l'a amené dans vos murs ; qu'il peut y commander en souverain, que vous serez toujours les modeles vivans de la fidélité qui lui est due ; que quand les serviteurs & les fils de Bélial viendroient à bout de faire connoître sa domination, jamais il ne cessera d'être roi de Paris. Qu'au surplus vous êtes impatiens de déposer les armes & de convertir, comme dit un prophète, vos lances en faucilles & vos épées en des socs de charrue : LANCEAS IN FALCES ET GLADIOS IN VOMERES.

Hâtez-vous donc, N. T. C. F., de lui offrir ces protestations consolantes. Qu'elles retentissent d'un bout de la France à l'autre, & jusques chez les puissances jalouses & attentives à tous nos mouvemens. Joignez-y les témoignages & les démonstrations soutenues d'une obéissance filiale. Vos erreurs seront bientôt oubliées ; votre retour fera luire sur lui l'aurore d'un bonheur dont il n'a encore goûté que quelques instans.

Et vous, assemblée nationale, auprès de qui notre mission temporelle n'a pu affoiblir notre caractere hiérarchique ; assemblée nationale, au milieu de laquelle nous avions tant de peine à nous

faire

faire entendre comme repréfentans, écoutez-
nous aujourd'hui comme votre premier pafteur.
La France reffemble à cette terre dont parle l'E-
criture, à cette terre où les ronces & les épines
ont profité de l'impuiffance du cultivateur pour
en abforber tous les fucs & pours'y fortifier. La
France n'eft qu'un monceau de ruines. Ce boule-
verfement eft-il votre ouvrage ou celui de quel-
ques-uns de vos membres, ou bien l'inévitable
effet du choc des circonftances? La vérité eft
que, jufqu'à préfent vous n'avez fait autre chofe
que détruire, & que vous paroiffez réfolus à ne
laiffer pas pierre fur pierre de l'ancien édifice.
C'eft un grand arbre à l'ombre duquel venoient fe
repofer & fe rafraîchir les oifeaux de toutes les
parties du monde. Son élévation majeftueufe ne
peut l'excufer à vos yeux du crime de fa trop
longue vétufté. Vous mettez la coignée à fa ra-
cine, que planterez-vous à fa place? Une quan-
tité de fujets nouveaux qui, peut-être ne réuffiront
pas, qui feront long-temps à fe faire, & que
leur multitude ne pourra défendre contre l'impé-
tuofité des vents. L'amour & la fureur de la nou-
veauté vous tourmente; elle doit vous égarer.
L'orgueil, naturellement ennemi de tout ce qu'ont
fait les autres, commence par le profcrire fans
autre examen & fans s'embarraffer fi ce qu'il pro-

jette en fera la compenfation; mais l'orgueil, pour vouloir embraffer trop d'objets à la fois, n'en per-fectionne aucun & laiffe après lui beaucoup plus à faire, que fi jamais fa préfomption n'eût mis la main à l'œuvre.

Le roi vous a appellés pour réparer, & non pour démolir & pour abattre. Les provinces vous ont envoyés, non pas pour ébranler le trône ni pour l'avilir, mais pour en raffermir les fondemens & en relever la fplendeur; non pas pour porter des coups à la réligion de nos peres, mais pour la préferver de toute atteinte; il n'eft prefque pas de mandats où ces vœux ne foient exprimés; UNE FOI, UNE LOI, UN ROI; tel fut de tout temps le cri des françois : une foi pour les éclairer, une loi pour les contenir, & un roi pour les proté-ger : on diroit que tous les trois vous déplaifent. Seroit-ce là le mot de l'égnime ? car c'en eft un que l'armement effectué en vingt-quatre heures d'une extrémité du royaume à l'autre.

Jufqu'à vous la France étoit une avec fon chef, comme le corps humain eft un avec la tête. Le chef imprimoit le mouvement à fes membres; ceux - ci correfpondoient religieufement à leur chef, & cette belle organifation, que rien n'avoit encore dérangée, faifoit le falut du corps politi-que, comme les rapports continuels des membres à la tête & de la tête aux membres conftituent & prolongent le bien-être du genre humain.

Ces rapports falutaires vous venez de les inter-rompre. Vous faites au roi fa portion, & vous vous réfervez l'emploi du refte ; c'eft-à-dire que votre fageffe reftreint fon intérêt à fon traitement perfonnel, & le difpenfe de toute attention & toute affection pour la chofe publique. Vous avez dif-tingué le pouvoir légiflatif du pouvoir exécutif ; c'eft-à-dire que votre patriotifme s'eft emparé de l'un, après avoir tout mis de fon côté, & qu'il ne laiffe l'autre au fouverain qu'après l'avoir atténué, enlacé, circonfcrit ; c'eft-à-dire, en un mot, que les membres ordonneront, & que la tête n'aura plus qu'à leur faire rendre obéiffance & à la pra-tiquer elle-même : tel eft le rôle du doge de Ve-nife. Nous aimons un monarque. « L'amour du François pour fon roi eft un befoin réel », di-foient avec tranfport les l'Hopital, les Sully & les d'Agueffeau. Ce fentiment n'eft à vos yeux qu'une fotte idolâtrie. Pour lui ôter fon aliment, vous ne lui laifferez qu'un fimulacre.

Quoiqu'il arrive de ce lamentable renverfement, fouvenez-vous que l'anarchie eft générale, que le mal preffe, que chaque jour l'aigrit, que vos féances tumultueufes, vos débats indécents & vos fcandaleufes éructations font autant de dé-

lais ; que chaque délai eſt un crime qui peut pro-
fiter à pluſieurs d'entre vous , mais qui ajoute à
la maſſe de nos maux , & qui fait un degré de
profondeur de plus dans l'abîme du déficit.

Souvenez-vous en outre que la religion eſt un
ſanctuaire dont vous ne devez approcher qu'avec
le plus profond reſpect ; que ſa divine économie
n'eſt nullement en votre pouvoir ; que ſes dogmes
ſont un dépôt qu'il ne vous eſt pas permis d'enta-
mer ; que ſa diſcipline intérieure eſt une police
que vous n'êtes pas les maîtres de changer ; enfin
que ceux de ſes miniſtres qui ne montreroient à
cet égard qu'une lâche indifférence méritent un
ſouverain mépris.

Donné au pied des Alpes , le 4 décembre
1789.

F I N.